KB035881

납작이가 된 스탠리

SEOUL, 1999

납작이가 된 스탠리

초판 제1쇄 발행일 1994년 8월 25일
초판 제85쇄 발행일 2022년 3월 20일
글 제프 브라운 그림 토미 웅게러 옮김 지혜연
발행인 박헌용, 윤호권 발행처 (주)시공사
주소 서울시 성동구 상원1길 22, 6-8층 (우편번호 04779)
대표전화 02-3486-6877 팩스(주문) 02-585-1247
홈페이지 www.sigongsa.com/www.sigongjunior.com

FLAT STANLEY
Text copyright © 1964 by Jeff Brown
Copyright renewed © 1992 by Jeff Brown
Copyright illustrations by Tomi Ungerer © 1980 by Diogenes Verlag AG Zürich
All rights reserved.
Korean translation copyright © 1994 by Sigongsa Co., Ltd.
This Korean edition was published by arrangement with
the author, c/o BAROR INTERNATIONAL, INC., Armonk, New York, U.S.A.
through Danny Hong Agency, Seoul
and Diogenes Verlag AG Zürich through Shinwon Agency, Seoul.

이 책의 한국어판 저작권은 대니홍 에이전시와 신원 에이전시 통해
저작권자와 독점 계약한 (주)시공사에 있습니다. 저작권법에 의해
한국 내에서 보호받는 저작물이므로 무단 전재와 무단 복제를 금합니다.

ISBN 978-89-527-8611-1 74840
ISBN 978-89-527-5579-7 (세트)

*시공사는 시공간을 넘는 무한한 콘텐츠 세상을 만듭니다.
*시공사는 더 나은 내일을 함께 만들 여러분의 소중한 의견을 기다립니다.
*잘못 만들어진 책은 구입하신 곳에서 바꾸어 드립니다.

KC마크는 이 제품이 공통안전기준에 적합하였음을 의미합니다.
제조국 : 대한민국 사용 연령 : 8세 이상
책장에 손이 베이지 않게, 모서리에 다치지 않게 주의하세요.

납작이가 된 스탠리

제프 브라운 글 · 토미 웅게러 그림 · 지혜연 옮김

시공주니어

납작이가 된 스탠리

J. C.와 토니에게

아침 식사 준비가 다 되었습니다.

램촙 부인은 남편 조지 램촙 씨에게 말했습니다.

"가서 아이들을 깨울게요."

바로 그 때, 형 스탠리하고 한 방을 쓰고 있는 동생

아서가 방에서 소리쳤습니다.

"어이! 이리 좀 와 보세요! 어이!"

램촙 씨 부부는 둘 다 자식들의 예의바른 태도와 공손한 말씨에 각별히 신경을 쓰는 부모였습니다.

램촙 씨는 아이들 방으로 들어서며 주의를 주었습니다.

"아서야, '어이'가 뭐니? 소를 모는 것도 아니고. 그건 사람을 부를 때 쓰는 말이 아니란다. 항상 기억해 둬라."

"잘못했어요. 그런데 여기 좀 보세요."

아서가 스탠리의 침대를 가리키며 말했습니다. 침대 위에는 커다란 게시판이 놓여 있었습니다. 지난 크리스마스 때, 램촙 씨 부부가 사진이나 메모, 또는 지도 같은 것들을 핀으로 꽂아 두라고 아이들에게 사 주었던 것인데, 그만 그 게시판이 한밤중에 자고 있던 스탠리 위로 떨어진 것이었습니다.

그렇다고 스탠리가 다친 것은 아니었습니다. 사실 동생이 소리만 지르지 않았다면 계속 꿈나라를 헤매고 있을 터였습니다.

스탠리는 커다란 게시판 밑에서 아무렇지 않은 듯 명랑한 목소리로 물었습니다.

"무슨 일이에요?"

램촙 씨 부부는 후닥닥 침대로 달려가 게시판을 치웠습니다.

램촙 부인이 깜짝 놀라 소리쳤습니다.

"아니, 세상에!"

아서도 기가 막혔습니다.

"어라, 스탠리 형이 납작해졌네!"

램촙 씨도 덧붙였습니다.

"이럴 수가! 꼭 빈대떡처럼 됐구나. 살다살다 별일을 다 보겠군."

램촙 부인이 침착하게 말했습니다.

"우선 다들 아침부터 들어요. 그리고 나서 스탠리와 나는 댄 의사 선생님께 가 볼게요. 뭐라고 하시는지 가서 들어 봐야겠어요."

진찰이 거의 끝나 가고 있었습니다.

의사 선생님이 물었습니다.

"기분은 어떠니? 통증이 심하니?"

스탠리가 대답했습니다.

"아침에 일어났을 땐 조금 근질근질한 것 같았는데, 지금은 아무렇지도 않아요."

의사 선생님이 말했습니다.

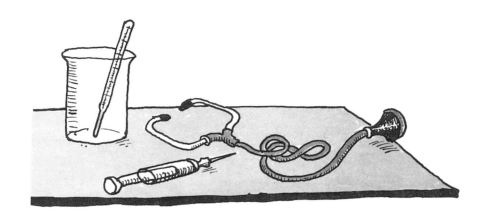

"이런 경우, 대부분 그런 증상이 나타나지."

의사 선생님은 진찰을 끝내고 계속 이야기했습니다.

"댁의 아이를 계속 주의 깊게 지켜 봐야겠습니다. 우리 의사들은 수 년 동안 많은 훈련과 경험을 쌓지만, 가끔씩 우리도 모르는 게 얼마나 많은지 그저 놀랍습니다."

램춉 부인이 이제 스탠리의 옷을 모두 수선해야 할 것 같다고 하자, 의사 선생님은 간호사에게 스탠리의 치수를 재도록 했습니다.

램촙 부인은 치수를 받아 적었습니다.

스탠리의 키는 120센티미터였고, 가로폭이 30센티미터, 그리고 두께는 1.2센티미터였습니다.

납작해진 몸에 익숙해지자 스탠리는 나름대로 즐겁게 적응해 나갔습니다.

스탠리는 방문이 닫혀 있어도 마음대로 방을 들락날락할 수 있었습니다. 바닥에 드러누워 바닥과 문 사이의 틈으로 미끄러지듯 빠져나가면 그만이었습니다.

램촙 씨 부부는 다 바보 같은 짓이라고 말하면서도, 속으로는 무척 기특하게 생각했습니다.

아서는 부러운 마음에 자기도 문틈으로 빠져나가려다 애꿎은 머리만 꽝 부딪혔습니다.

 스탠리는 납작한 몸도 꽤 쓸모가 있다는 것을 알게
되었습니다.

 어느 날 오후, 스탠리는 엄마를 따라 산책을 나갔습
니다. 그런데 공교롭게도 램촙 부인이 가장 아끼는

반지가 손가락에서 빠져 버렸습니다. 반지는 인도 위를 데굴데굴 굴러가더니 쇠창살로 덮개를 씌운, 깊고 어두컴컴한 하수도 구멍으로 빠졌습니다. 램춉 부인은 울먹였습니다.

스탠리가 말했습니다.

"좋은 생각이 있어요."

스탠리는 운동화 끈을 풀더니, 주머니 속에 있던 여

분의 운동화 끈과 연결하여 길다란 끈을 만들었습니다. 그런 다음 한쪽 끝을 자신의 허리띠 뒤춤에 묶고, 다른 한쪽을 엄마에게 건넸습니다.

"이 줄을 잡고 저를 밑으로 내려 주세요. 제가 반지를 찾아볼게요."

"고맙구나, 스탠리."

램촙 부인은 스탠리가 쇠창살 사이로 내려가 하수도 바닥을 샅샅이 훑어볼 수 있게 아래로, 위로, 왼쪽으로, 오른쪽으로 조심스럽게 줄을 움직였습니다.

그 때 마침 경찰관 두 명이 근처를 지나가다가, 하수도 구멍의 쇠창살 사이로 줄을 길게 늘어뜨리고 서 있는 램촙 부인을 유심히 쳐다보았습니다. 램촙 부인은 경찰관들을 못 본 척했습니다.

그 중 한 경찰관이 램촙 부인에게 말을 걸었습니다.

무슨 일이십니까, 부인? 갖고 계시던 요요가 걸렸습니까?"

램촙 부인은 날카로운 목소리로 쏘아붙였습니다.

"요요를 가지고 놀고 있는 게 아니에요! 굳이 꼭 알아야겠다면 말인데, 이 줄에 매달려 있는 건 우리 아들이라고요."

그 말에 또 다른 경찰관이 냅다 소리쳤습니다.

"이봐, 어서 가서 포획망을 가져 오게. 정신병자가 탈출했나 봐."

바로 그 때, 저 아래 하수도 구멍에서 스탠리가 소리쳤습니다.

"찾았다!"

램촙 부인이 줄을 잡아당기자 스탠리가 올라왔습니다. 스탠리의 손엔 반지가 들려 있었습니다.

램촙 부인이 말했습니다.

"장하구나, 스탠리."

그리고 나서 램촙 부인은 화가 난 얼굴로 경찰관 쪽으로 돌아서더니 따끔하게 한마디했습니다.

"정신병자라니요, 창피한 줄 아세요!"

경찰관들은 사과를 했습니다.

"정말 몰랐습니다, 부인. 저희가 너무 경솔했습니다. 이제 알겠습니다."

램촙 부인은 정중히 타일렀습니다.

"그런 무례한 말을 하기 전엔 반드시 신중하게 한번 더 생각하세요. 하기야 그런 말은 아예 하지 않는

편이 좋겠죠."

경찰관들은 램촙 부인의 충고가 참으로 일리가 있다면서, 가슴에 새겨 두겠다고 말했습니다.

어느 날 스탠리는 얼마 전에 캘리포니아로 이사간 친구, 제프리로부터 편지를 받았습니다. 곧 방학이 시작될 터이니, 방학 동안 자기네 가족과 함께 지내자는 초대 편지였습니다.

스탠리가 소리쳤습니다.

"야, 신난다! 정말 가고 싶어요!"

램촙 씨는 한숨을 지었습니다.

"캘리포니아라면 왕복 기차표나 비행기표 요금이 만만치 않을 텐데. 조금 값싸게 다녀올 수 있는 방법을 생각해 봐야겠다."

그 날 밤 사무실에서 일을 마친 램촙 씨는 엄청나게 큰 갈색 봉투 하나를 집으로 가져왔습니다.

램촙 씨가 말했습니다.

"자, 스탠리, 크기가 어떤지 한번 들어가 보렴."

봉투는 스탠리에게 딱 맞았습니다. 램촙 부인이 보니 얇은 빵에 계란을 넣어 만든 샌드위치와, 우유를 가득 담은 납작한 담배 케이스를 넣을 공간도 남아 있었습니다.

항공 우편이라서 우표를 대단히 많이 붙여야 했지만, 캘리포니아행 기차요금이나 항공료에 비하면 엄청나게 쌌습니다.

다음 날 램촙 씨 부부는 샌드위치와, 우유를 가득 담은 담배 케이스와 함께 스탠리를 봉투에 넣었습니다. 그러고는 길모퉁이에 있는 우체통에 넣었습니다.

봉투를 우체통 구멍에 집어넣기 위해 일단 접어야 했
지만, 워낙 몸이 민첩한 스탠리라 우체통 안으로 들
어가자마자 몸을 원래대로 빳빳이 폈습니다.

스탠리는 한 번도 혼자서 집을 떠나 본 적이 없었습

니다. 그래서 램촙 부인은 걱정이 되었습니다.

램촙 부인은 우체통을 똑똑 두드리며 물었습니다.

"스탠리, 내 소리 들리니? 괜찮아?"

스탠리의 목소리는 꽤 또렷하게 들려 왔습니다.

"괜찮아요. 그런데 지금 샌드위치 먹어도 돼요?"

엄마가 대답했습니다.

"한 시간만 있다가 먹으렴. 그리고 스탠리, 너무 흥분하지 마라."

"조심해서 잘 다녀오너라."

램촙 씨 부부는 큰 소리로 작별 인사를 한 뒤 집으로 돌아갔습니다.

스탠리는 캘리포니아에서 정말 신나는 방학을 보냈습니다. 시간이 흘러 집으로 돌아갈 때가 되자, 제프리네 가족은 직접 만든 예쁜 하얀 봉투에 스탠리를 넣었습니다. 그리고 나서 제프리는 항공 우편임을 분명히 알리기 위해 봉투의 테두리에 빨간색과 파란색으로 표시를 했습니다. 또 봉투 양면에 '귀중품임', '깨지기 쉬움', '이쪽을 위로' 라고 또박또박 적었습니다.

집으로 돌아온 스탠리는 모두 자기에게 아주 잘해 주었다고 말했습니다. 얼마나 조심스럽게 다루어 주었던지 살짝이라도 부딪힌 적이 단 한 번도 없었다고 말했습니다. 램촙 씨는 그 얘기를 듣고 만족했습니다. 그리고 비행기의 성능이 얼마나 우수한지, 우체국이 얼마나 훌륭하게 일을 처리하는지, 또 우리가 얼마나 좋은 시대에 살고 있는지 모른다고 말했습니다.

스탠리도 같은 생각이었습니다.

램촙 씨는 일요일 오후만 되면 아이들과 함께 산책을 했습니다. 박물관에 가기도 했고, 공원으로 롤러 스케이트를 타러 가기도 했습니다. 하지만 길을 건너고, 많은 사람들 사이를 비집고 걸어다니는 것은 늘 힘든 일이었습니다. 스탠리와 아서는 사람들에게 떠밀려 아빠를 놓치기도 했습니다.

램촙 씨는 무서운 속도로 달리는 택시와 정신없이 바삐 움직이는 사람들 틈에서 혹시 아이들이 넘어져 다치지는 않을까 늘 걱정이 되었습니다.

하지만 스탠리가 납작하게 된 이후로는 훨씬 편해졌습니다.

램촙 씨는 스탠리의 몸에 전혀 상처를 내지 않고도 스탠리를 돌돌 말아 올릴 수 있다는 사실을 발견했습니다. 램촙 씨는 스탠리의 몸이 풀려 내려오지 않게

실로 묶은 다음, 들고 다니기 편하게 고리를 하나 만들었습니다. 그렇게 하니 가방을 들고 다니는 것처럼 간편해서, 나머지 한 손으로 아서를 꼭 붙잡고 다닐 수 있었습니다.

스탠리는 걸어다니는 것을 좋아하지 않았기 때문에 그렇게 들려 다녀도 전혀 불만이 없었습니다. 걷기 싫어하는 것은 아서도 마찬가지였지만, 어쩔 도리가 없었습니다. 그래서 아서는 속이 상했습니다.

어느 일요일 오후, 램촙 씨는 한동안 만나지 못했던 대학 친구를 우연히 길에서 만났습니다.

그 친구가 말을 붙였습니다.

"조지, 벽지를 샀군. 집을 새로 단장하나 보지?"

램촙 씨가 대답했습니다.

"벽지라니? 아, 아닐세. 이건 내 아들 스탠리야."

램촙 씨가 끈을 풀어 주자 스탠리
는 원래대로 몸을 폈습니다.

스탠리가 인사를 했
습니다.

"안녕하세요?"

램촙 씨의 친구가 대답했습니다.

"그래, 만나서 반갑구나."

그 친구는 램촙 씨에게 말했습니다.

"조지, 그런데 자네 아이는 납작하군."

램촙 씨는 얼른 말을 받아넘겼습니다.

"어디 그것뿐인가? 얼마나 똑똑한데. 반에서 3등
안에 든다네."

"쳇!"

아서는 못마땅했습니다. 램촙 씨는 그제야 아서를

소개했습니다.

"얘는 동생인 아서네. 버릇없이 굴었다고 사과할 걸세."

아서는 화끈 달아오른 얼굴로 잘못을 빌었습니다.

램촙 씨는 다시 스탠리를 말아 들고 집으로 향했습니다. 오는 도중에 갑자기 비가 세차게 내렸습니다. 스탠리는 당연히 비에 가장자리 부분만 조금 젖었지만, 아서는 흠뻑 젖었습니다.

바로 그 날 밤, 한밤중에 거실에서 요상한 소리가 들려 왔습니다. 램촙 씨 부부가 거실로 나가 보니 책장 앞 마룻바닥에 아서가 누워 있었습니다. 아서는 배 위에 브리태니커 백과사전을 잔뜩 쌓아올리고 있었습니다.

아서는 부모님을 보자마자 말했습니다.

"그냥 서 계시지만 말고, 좀더 올려 주세요. 좀 도
와 주세요!"

램촙 씨 부부는 그만 들어가 자라며 아서를 방으로
돌려 보냈습니다. 다음 날 아침, 부모님은 스탠리를
불러 타일렀습니다.

"아서는 네가 몹시 부러운 모양이더구나. 잘 대해
주어라. 이러니저러니해도 네가 형 아니니?"

스탠리와 아서는 공원으로 놀러 나갔습니다. 날씨
가 화창하면서도 바람이 불어, 큰 아이들이 나와 연
을 날리고 있었습니다. 길게 꼬리를 늘어뜨린 갖가지
색의 아름답고 커다란 연들이 파란 하늘을 장식했습
니다.

아서는 한숨을 쉬며 푸념을 늘어놓았습니다.

"언젠간 커다란 연을 가지고 연날리기 대회에 나가 꼭 우승을 할 거야. 그럼 다른 사람들처럼 유명해지겠지. 지금은 날 알아 주는 사람이 하나도 없어."

스탠리는 부모님 말씀이 생각났습니다. 스탠리는 연이 망가져서 못쓰게 된 아이한테 가서 커다란 얼레를 빌렸습니다. 그리고 동생에게 말했습니다.

"아서야, 날 연이라고 생각하고 날려 봐! 자, 어서."

스탠리는 실을 몸에 묶고 아서에게 얼레를 들고 있으라고 했습니다. 스탠리는 속도를 내기 위해서 몸을 옆으로 돌려 잔디밭을 가볍게 달렸습니다. 그러다가 바람을 만나자 몸을 바로 세워 바람을 타고 올라갔습니다.

위로 위로 위로…… 위로! 스탠리는 연이 되어 날기 시작했습니다.

스탠리는 바람이 불어 오면, 바람을 어떻게 타야 하는지 잘 알고 있었습니다. 높이 올라가고 싶으면 정면에서 불어 오는 바람에 몸을 싣고, 속도를 더 내고 싶으면 뒤에서 불어 오는 바람에 몸을 맡기면 됐습니다. 그리고 바람에 실려 오랫동안 하늘에 떠 있다가, 납작한 옆면을 조심스럽게 조금씩 바람 부는 쪽으로 돌리면, 우아하게 땅으로 미끄러지듯 내려올 수도 있었습니다.

아서가 실을 있는 대로 풀자, 스탠리는 나무보다도 높이 솟아올랐습니다. 연한 파란색 하늘을 배경으로 초록색 스웨터에 갈색 바지를 입은 스탠리의 모습은, 그야말로 장관이었습니다.

공원에 놀러 온 사람들은 모두 그 멋진 모습을 구경하느라 정신이 없었습니다.

스탠리는 오른쪽으로 몸을 틀어 하강하다가, 다시 왼쪽으로 방향을 바꿔 한참 동안 바람을 타고 내려왔습니다. 그러다가 팔을 양옆으로 뻗어 올려 마치 로켓처럼 땅에서 다시 태양을 향해 원을 그리며 솟아올랐습니다. 또 옆으로 직선을 그리다가 빙글빙글 돌기도 하고, 8자, 십자가, 심지어는 별 모양을 그리며 날

있습니다.

그 날 아무도 아서만큼 훌륭하게 연을 날리지는 못했습니다. 아마 앞으로도 그렇게 연을 날릴 사람은 다시 없을 것입니다.

시간이 한참 흐르자 사람들의 관심은 자연히 시들해져 버렸습니다. 아서도 더 이상 풀 실도 없는 얼레를 들고 이리저리 뛰어다니는 일이

따분해졌습니다. 하지만 스탠리는 더 뽐내고 싶어서 계속 날았습니다.

그 때, 세 아이가 아서에게 와서 핫도그와 소다수를 먹으러 가자고 했습니다. 아서는 얼레를 나뭇가지에 걸쳐 놓고 아이들을 따라갔습니다. 아서는 핫도그를 먹는 데 정신이 팔려, 실이 바람에 날려서 나무에 엉키고 있는 것을 전혀 눈치채지 못했습니다.

실은 자꾸만 짧아졌습니다. 스탠리는 발에 나뭇잎이 닿자 비로소 자신이 얼마나 낮게 내려와 있는지 깨달았습니다. 하지만 이미 돌이킬 수 없는 상황이었습니다. 스탠리는 나뭇가지에 걸린 채 옴짝달싹할 수 없었습니다. 스탠리는 도와 달라고 15분이나 외쳤습니다. 그제서야 아서와 다른 아이들이 그 소리를 듣고 달려와서 나무 위로 올라가 스탠리를 풀어 주었습니다.

스탠리는 그 날 저녁 내내 동생에게 한 마디도 하지 않았습니다. 아서가 잘못했다고 했지만 잠잘 때까지도 여전히 골이 나 있었습니다.

남편과 둘만 거실에 남게 되자, 램촙 부인은 고개를 가로저으며 한숨을 내쉬었습니다.

"당신은 하루 종일 맘 편히 사무실에만 있어서 모르겠지만, 전 아이들과 얼마나 씨름을 해야 하는지 몰라요. 정말 힘들어요."

램촙 씨가 부인을 위로했습니다.

"아이들이 다 그렇지 뭐. 다 자라는 과정이 아니겠소? 당신이 참아요."

램촙 씨네 위층에는 다트 씨 부부가 살고 있었습니

다. 다트 씨는 시내 중심가에 있는 '유명 미술관'에서 관장이라는 중요한 직책을 맡고 있었습니다.

어느 날 스탠리는 엘리베이터에서, 늘 명랑하던 다트 씨가 아주 침울한 표정을 하고 있는 것을 보았습니다. 스탠리는 영문을 알 수가 없었습니다. 며칠 뒤 스탠리는 아침 식사 도중에 부모님이 다트 씨에 대해 이야기하는 것을 들었습니다.

커피를 마시며 신문을 읽던 램촙 씨가 말했습니다.

"유명 미술관에서 또 그림이 한 점 없어졌군. 툴루즈 로트레크(1864~1901, 프랑스 화가)의 작품이라는데."

램촙 부인은 커피를 한 모금 마시더니 말했습니다.

"이름 때문에 훔치기가 더 쉬웠을 것 같아요. 툴루즈는 잃어버리기 쉽다는 뜻이잖아요."

램촙 씨는 계속 읽어내려 갔습니다.

"미술관장인 다트 씨가 무척 난감해하고 있다는군.
경찰도 아무런 도움을 주지 못하고 있으니. 경찰서장
이 신문 기자들에게 한 말을 들어 봐요. '우리는 미
술품 전문털이단을 의심하고 있습니다. 고도의 기술
을 가진 털이범들이지요. 쥐도 새도 모르게 은밀히

일을 벌이는 놈들이라 체포하기가 쉽지 않습니다. 하지만 계속 최선을 다하겠습니다. 그건 그렇고 시민 여러분, 경찰 무도회의 입장권을 많이 구입해 주시면 감사하겠습니다. 그리고 제발 주차금지 구역에 차 좀 대지 마세요.'"

다음 날 아침, 스탠리는 엘리베이터 안에서 다트 씨가 부인에게 하는 말을 우연히 엿들었습니다.

"미술품 전문털이범들은 밤에만 일을 벌이는 모양이오. 경비원들에게 잠을 자지 말고 24시간 내내 지키라는 것도 무리고, 그렇다고 그렇게 큰 미술관에서 그 많은 그림 하나하나마다 경비를 따로 세워 둘 수도 없는 일이지 않소. 정말 이러지도 저러지도 못하고. 방법이 없어요, 방법이. 걱정이 말이 아니오."

그 때, 갑자기 마치 머리 위에서 환한 전구가 번쩍

켜진 것처럼 스탠리에게
기발한 생각이 떠올랐습
니다. 스탠리는 그 생각
을 다트 씨에게 말했습
니다.

"스탠리, 만약 너네 어머
니께서 허락해 주신다면 오늘
이라도 당장 네 계획대로 일을 한번 벌여 보자꾸나."

다트 씨가 말했습니다.

램촙 부인은 허락을 했습니다. 하지만 단서를 달았
습니다.

"단, 오늘 오후에 미리 낮잠을 충분히 자 두어야 한
다. 그렇지 않으면 밤새 깨어 있게 둘 순 없어."

낮잠을 충분히 자고 난 스탠리는 그 날 저녁 다트

씨와 함께 유명 미술관으로 갔습니다. 다트 씨는 스탠리를 중앙 홀로 데리고 갔는데, 그 곳은 가장 크고 귀중한 작품들이 전시되어 있는 곳이었습니다. 다트 씨가 한 작품을 가리켰습니다. 큼직한 벨벳 모자를 쓴 수염 난 남자가, 긴 의자에 누워 있는 여자를 위해 바이올린을 연주하고 있는 그림이었습니다. 그 뒤로는 반은 사람이고 반은 말 모양을 한 전설 속의 동물이 서 있고, 머리 위로는 날개 달린 포동포동한 세 아이가 날아다니고 있었습니다. 다트 씨의 말대로라면 세상에서 가장 비싼 그림이었습니다!

그 그림의 맞은편에는 빈 액자만 달랑 걸려 있었습니다. 그 액자에 대해서는 나중에 자세히 듣게 될 것입니다.

다트 씨는 스탠리를 사무실로 데리고 들어가더니

말했습니다.

"자, 이제 변장을 할 시간이구나."

스탠리가 대답했습니다.

"그렇지 않아도 미리 생각해 둔 게 있어서 준비를 해 왔어요. 카우보이 복장이에요. 얼굴을 가리기 위해 카우보이들이 사용하는 빨간색 손수건도 가져왔어요. 아마 아무도 절 알아보지 못할 거예요."

하지만 다트 씨는 생각이 달랐습니다.

"그건 안 되지. 넌 내가 골라 놓은 옷으로 변장을 해야 한다."

그러더니 다트 씨는 옷장에서 빨간색 허리띠가 달린 하얀 드레스를 꺼냈습니다. 계속해서 반짝반짝 빛나는 뾰족 구두 한 켤레, 허리띠와 똑같은 빨간색 천을 두른 챙이 넓은 밀짚모자, 가발, 그리고 지팡이도

꺼냈습니다. 가발은 긴 금발을 꼬불꼬불 말아 올린 모양이었습니다. 지팡이는 한쪽 끝이 구부러져 있었는데, 위쪽에 빨간색 리본이 매어져 있었습니다.

다트 씨가 말했습니다.

"양치기 소녀로 꾸며야 중앙 홀에 걸맞는 그림처럼 보일 거다. 카우보이 그림을 중앙 홀에 걸지는 않거든."

스탠리는 너무 기가 막혀 아무 말도 할 수가 없었습니다. 스탠리는 투덜거렸습니다.

"꼭 계집애처럼 보일 거야, 그래, 계집애. 내가 왜 처음부터 이런 생각을 했나 몰라."

하지만 스탠리는 한다면 하는 아이였습니다. 스탠리는 준비된 옷으로 갈아입었습니다.

다시 중앙 홀로 온 다트 씨는 스탠리가 빈 액자 위

로 올라갈 수 있게 도와 주었습니다. 다트 씨는 기발하게도 두 팔과 두 다리가 놓일 부분에, 고리처럼 생긴 네 개의 작은 못을 박아 두었습니다. 덕분에 스탠리는 벽 한가운데에서도 서 있을 수가 있었습니다.

액자는 스탠리에게 딱 맞았습니다. 벽에 걸어 둔 액자 속의 스탠리는 마치 한 폭의 그림 같았습니다.

다트 씨가 말했습니다.

"단 한 가지, 양치기 소녀는 행복해 보여야 한단다. 양을 쳐다볼 때도, 하늘을 바라볼 때도 늘 미소를 짓지. 그런데 넌 꼭 화난 애 같구나. 전혀 행복해 보이지가 않아, 스탠리."

스탠리는 애써 꿈꾸는 듯한 눈빛으로 희미하게나마 미소를 지어 보려고 안간힘을 썼습니다.

다트 씨는 몇 발짝 뒤로 물러서서 스탠리를 찬찬히

들여다보더니 말했습니다.

"작품이라고까지는 못하겠지만, 그래도 그럴 듯하구나."

다트 씨는 스탠리가 세운 계획의 세부 사항을 확실하게 마무리하기 위해 자리를 떴습니다. 스탠리 혼자 남았습니다.

중앙 홀은 어둡기 그지없었습니다. 희미한 달빛이 창문을 비집고 들어왔습니다. 맞은편에 있는 세상에서 가장 비싸다는 그림의 윤곽이 어렴풋이 눈에 들어왔습니다. 스탠리는 그림 속의 바이올린을 든 수염 난 남자와 의자에 누워 있는 여자, 그리고 반은 사람이고 반은 말의 모습을 한 전설 속의 동물과 날개 달린 아이들조차 자기처럼 사건이 벌어지기를 기다리고 있는 것 같은 느낌이 들었습니다.

시간이 흘렀습니다. 스탠리는 점점 피곤해졌습니다. 누구라도 이렇게 깊은 밤 늦은 시간까지 깨어 있으면 피곤함을 느낄 겁니다. 하물며 작은 못에 온몸을 의지한 채 액자 속에 서 있어야 하는 스탠리는 말할 것도 없었습니다.

'혹시 나타나지 않을지도 몰라. 미술품 전문털이범들이 다시는 안 올지도 모르지.'

스탠리는 그런 생각이 들었습니다.

달님이 구름 속으로 모습을 감추었습니다. 그러자 중앙 홀은 칠흑같이 깜깜해졌습니다. 어둠이 깊어지자 적막감이 더해갔습니다. 개미 소리조차 들리지 않았습니다. 곱슬거리는 금빛 가발 아래 목덜미 부근의 머리카락이 쭈뼛 서는 것 같았습니다.

끼⋯⋯⋯⋯⋯익⋯⋯⋯⋯⋯.

중앙 홀 한가운데에서 '끼익' 하는 소리가 들렸습니
다. 소리가 들리는가 싶더니, 바로 그 곳에서 노란색
불빛이 희미하게 비쳤습니다!

또 한 번 '끼익' 하는 소리가 들렸습니다. 불빛은 점점 더 밝아졌습니다. 마룻바닥에 있던 통풍구의 문이 열리더니 두 남자가 중앙 홀로 올라왔습니다.

그 순간 스탠리는 모든 것을 알아차렸습니다. 전문 털이범들이 틀림없었습니다! 외부에서 안으로 숨어 들어올 수 있는 비밀 문이 있었던 것입니다. 한 번도 붙잡히지 않았던 건 바로 그 때문이었지요. 그런데 바로 오늘 밤 전문털이범들은 세상에서 가장 비싸다는 그림을 훔치기 위해 다시 왔습니다!

스탠리는 눈썹 하나 까딱하지 않고, 미술품 전문털이범들이 주고받는 소리에 귀를 기울였습니다.

한 남자가 말을 꺼냈습니다.

"바로 여기야, 맥스. 꽤나 교양 있다는 사람들이 꿈나라로 간 사이에, 우리가 그들을 깜짝 놀라게 할 곳이지."

다른 남자가 대답했습니다.

"맞아, 루터. 아마 이런 대도시에 살고 있는, 그 교양 있는 사람들은 우리가 범인일 거라고는 꿈에도 생각하지 못할걸."

스탠리가 속으로 외쳤습니다.

'하하! 착각은 자유지.'

미술품 전문털이범들은 손전등을 내려놓고 세상에서 가장 비싸다는 그림을 벽에서 떼어 냈습니다.

루터가 물었습니다.

"우리를 붙잡겠다고 눈에 불을 켜고 있는 놈들을 어떻게 할까?"

맥스가 대답했습니다.

"없애버려야지, 달리 무슨 뾰족한 수가 있냐?"

스탠리는 말만 들어도 간이 콩알만해졌습니다. 그런데 루터라는 남자가 걸어와 자신을 빤히 들여다보자 등골이 오싹해졌습니다.

루터가 말했습니다.

"이 양치기 소녀 좀 봐, 맥스. 그림에서 양치기 소녀들은 다 미소를 짓고 있는 줄 알았는데, 애는 잔뜩 겁먹은 표정이네."

그 말이 끝나기가 무섭게 스탠리는 다시 꿈꾸는 듯한 멍한 눈빛을 하고 억지로 미소를 지었습니다.

맥스라는 친구가 면박을 주었습니다.

"미쳤구나, 루터. 웃고 있는데 뭐. 아주 귀엽게 생겼네."

귀엽다는 말에 스탠리는 화가 났습니다. 스탠리는 전문털이범들이 세상에서 가장 비싼 그림 쪽으로 돌

아서기를 기다렸다가, 아주 우렁차고 소름 끼칠 정도의 큰 소리로 외쳤습니다.

"경찰관 아저씨! 경찰관 아저씨! 다트 아저씨! 도둑들이 여기 있어요!"

전문털이범들은 어리둥절한 표정으로 서로를 쳐다보았습니다. 루터가 아주 나지막이 속삭였습니다.

"꼭 양치기 소녀가 소리친 것 같아."

맥스는 떨리는 목소리로 대답했습니다.

"나도 그런 것 같긴 한데…… 이런 젠장! 그림이 소리를 지르다니 말도 안 돼! 이봐, 우리도 이제 그만 쉴 때가 되었나 봐."

"물론 쉬셔야지, 아무렴! 푹 쉬셔야죠. 하, 하, 하!"

다트 씨가 중앙 홀로 뛰어들어오면서 소리쳤습니다. 그 뒤로 경찰서장, 경비원들, 그리고 경찰관들이

따라 들어왔습니다.

　다트 씨의 말이 무슨 소리인지 몰라 어안이벙벙해
하던 범인들은 갑자기 들이닥친 경찰관들을 보더니
기겁을 했습니다. 전문털이범들은 실랑이를 벌일 엄
두도 내지 못했습니다. 그리고 어떻게 돌아가는 상황

인지도 모른 채 순식간에 수갑이 채워져 감옥으로 끌려갔습니다.

이튿날 아침, 경찰서장의 사무실에서는 스탠리의 표창식이 있었습니다. 그 다음 날 모든 신문에 스탠리의 사진이 크게 실렸습니다.

얼마 동안 스탠리는 모르는 사람이 없을 정도로 유명해졌습니다. 스탠리가 가는 곳마다 사람들은 스탠리를 손가락으로 가리키며 이렇게 말했습니다.

"저기 좀 봐, 저기! 스탠리가 틀림없어. 미술품 전문털이범들을 잡은 애 말이야……."

몇 주가 지나자 사람들은 더 이상 쑤군거리거나 쳐다보지 않았습니다. 사람들의 관심거리는 그것말고도 많이 있었기 때문이었습니다. 스탠리는 신경쓰지 않았습니다. 어쨌든 유명한 건 좋았지만 무슨 일이든 지나치면 좋을 게 없었습니다.

상황은 예기치 못한 방향으로 흘렀습니다. 결코 좋은 변화는 아니었습니다. 이제 사람들은 스탠리가 지나갈 때마다 스탠리의 생김새를 비웃고 조롱하기 시

작했습니다.

"야, 슈퍼 울트라 납작이다!"

사람들은 이렇게 외쳤습니다. 또 스탠리의 생김새에 대해 더 심한 소리도 마다하지 않았습니다.

스탠리는 부모님께 자기의 심정을 털어놓았습니다.

"제일 신경이 쓰이는 것은 다른 아이들이에요. 제가 다르게 생겼기 때문에 이젠 다들 저를 싫어해요. 보시다시피 전 납작하잖아요."

램촙 부인은 아들을 위로했습니다.

"정말 부끄러워해야 할 쪽은 그 아이들이란다. 생김새 때문에 사람을 싫어하는 것은 잘못이야. 말이 나왔으니까 말인데, 종교나 피부색이 다르다고 해서 사람을 좋다싫다하는 것은 정말 옳지 못하단다."

스탠리가 대답했습니다.

"저도 그건 알아요. 하긴 사람들이 서로 좋아하기
만 할 수는 없겠죠."

램촙 부인이 대답했습니다.

"그럴지도 모르지. 하지만 좋아하려고 노력할 순
있잖니?"

아서는 한밤중에 울음소리 때문에 잠이 깼습니다.
깜깜한 어둠 속에서 아
서는 스탠리 형의 침
대 쪽으로 기어가 침
대 옆에 쪼그리고 앉
았습니다.

아서가 물었습니다.

"형, 괜찮아?"

스탠리가 퉁명스럽게 말했습니다.

"저리 가."

아서가 말했습니다.

"나한테 화내지 마. 형이 내 연이 되어 준 날, 실이 엉키게 내버려 두고 가서 아직도 화가 났구나."

스탠리가 대답했습니다.

"그만해. 그래서 화가 난 게 아니니까, 저리 가."

아서도 괜스레 눈물이 찔끔 나왔습니다.

"형, 다시 사이좋게 놀자. 형, 무슨 일인데? 나한테 말해 봐."

스탠리는 한참 만에 입을 열었습니다.

"내가 이러는 이유는 더 이상 행복하지 않아서야. 이렇게 납작이가 된 게 이젠 정말 짜증이 나. 다시 다른 사람들처럼 평범하게 생겼으면 좋겠어. 그런데 이렇게 납작해진 몸으로 평생을 살아야 하다니. 정말 속상해."

"오, 형."

아서는 스탠리 형의 침대보 한 귀퉁이로 눈물을 닦았습니다. 하지만 형에게 뭐라고 더 해 줄 말이 생각나지 않았습니다.

스탠리가 아서에게 일러두었습니다.

"방금 내가 한 말, 엄마 아빠한테는 비밀이다. 부모님께 걱정을 끼치기는 싫어. 그럼 일이 더 심각해질 거야."

아서는 형이 자랑스러웠습니다.

"형은 정말 씩씩하다. 정말이야."

아서는 형의 손을 잡았습니다. 두 형제는 어둠 속에 나란히 앉아 있었습니다. 슬픔이 완전히 가시지는 않았지만 아까보다는 조금 나아진 것 같았습니다.

그러다 갑자기, 애써 궁리를 한 건 아니었지만, 아서에게 좋은 생각이 떠올랐습니다. 아서는 벌떡 일어나 불을 켜고 장난감이나 허드레 물건들을 모아 둔 큰 상자가 있는 곳으로 달려갔습니다. 아서는 상자 속을 샅샅이 뒤지기 시작했습니다.

스탠리는 침대에 앉은 채 물끄러미 쳐다보기만 했습니다.

아서는 미식 축구공이며, 인형, 모형 비행기와 수많은 장난감 블록들을 한쪽으로 휙휙 치우다가 소리쳤습니다.

"야호!"

아서는 찾고 있던 것을 발견했습니다. 그건 자전거 바퀴에 바람을 넣을 때 사용하던 낡은 펌프였습니다.

아서는 펌프를 높이 치켜들었습니다. 스탠리와 아서
는 말없이 서로를 쳐다보았습니다.

스탠리가 마침내 입을 열었습니다.

"좋아. 침착하게 시작해 보자."

스탠리는 펌프의 긴 호스 한쪽 끝을 입에 물었습니

다. 그리고 공기가 빠져나가지 못하도록 입을 꼭 다물었습니다.

아서가 말했습니다.

"천천히 할게. 조금이라도 아프거나 기분이 이상하면 손을 흔들어 신호해."

아서는 펌프질을 시작했습니다. 처음에는 볼만 약간 불룩해지고 다른 변화는 없었습니다. 아서는 형의 손을 쳐다보았습니다. 하지만 스탠리는 손으로 신호를 보내지 않았습니다. 아서는 계속 펌프질을 했습니다. 그러던 어느 순간, 스탠리의 허리 위쪽이 부풀어오르기 시작했습니다.

"됐어! 효과가 있어!"

아서는 흥분해 소리치면서 계속 펌프질을 했습니다.

스탠리는 공기가 몸 구석구석으로 쉽게 스며들어

갈 수 있도록 팔을 뻗어 올렸습니다. 몸이 점점 커지고 있었습니다. 잠옷 윗도리의 단추가 '툭' 하고 터져 나갔습니다. 툭! 툭! 툭! 잠시 후 스탠리의 몸은 통통하게 부풀어올랐습니다. 머리와 몸통, 팔과 다리까지. 하지만 오른쪽 발이 문제였습니다. 납작한 상태 그대로였습니다.

아서는 펌프질을 멈추고 말했습니다.

"이건 마치 기다란 풍선을 끝까지 부는 것과 같지 않을까? 혹시 약간 흔들어 주면 될지도 몰라."

스탠리는 오른쪽 발을 두 번 흔들었습니다. 그랬더니 '휘익' 하는 소리와 함께 오른쪽 발이 왼쪽 발만큼 부풀어올랐습니다. 그리고 그 자리엔 옛 모습을 되찾은 스탠리가 서 있었습니다. 납작했었던 흔적은 전혀 찾아볼 수 없었습니다.

스탠리가 말했습니다.

"고맙다, 아서. 정말 고마워."

두 형제가 악수를 하고 있을 때, 램촙 씨가 방으로

성큼성큼 걸어 들어왔습니다. 램촙 부인도 뒤따라 들어왔습니다. 램촙 씨가 말했습니다.

"떠드는 소리 다 들었다. 왜 자야 할 시간에 자지 않고 그렇게 떠들고 있는 거니, 응? 부끄러운 줄⋯⋯"

램촙 부인이 소리쳤습니다.

"여보! 스탠리가 다시 볼록해졌어요."

램촙 씨도 소리쳤습니다.

"당신 말이 맞아! 잘됐구나, 스탠리!"

아서가 나서며 말했습니다.

"제가 했어요. 제가 형을 부풀렸어요!"

두말 할 것도 없이 온 가족은 기쁨에 들떠 있었습니다. 램촙 부인은 이 일을 축하하기 위해 따뜻한 코코아를 타 왔습니다. 그리고 아서의 총명함을 칭찬하며 몇 번이고 건배를 했습니다.

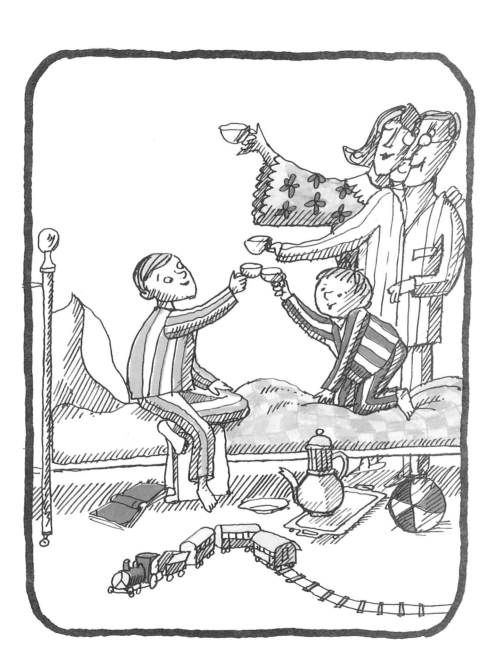

파티가 끝나자 램촙 씨 부부는 아이들을 침대에 눕혔습니다. 그리고 아이들에게 뽀뽀를 하고 불을 끄며 말했습니다.

"잘 자거라."

스탠리와 아서도 부모님께 인사를 했습니다.

"안녕히 주무세요."

너무나 길고 힘들었던 하루였습니다. 램촙 씨네 가족은 금방 깊은 잠에 빠졌습니다.

옮긴이의 말

어느 날, 자고 일어나 보니 몸이 납작하게 변해 버린 스탠리.

게시판에 눌려 납작해진 스탠리는 동생 아서를 위해 연이 되어 하늘을 날아다니기도 하고, 엄마를 위해 하수도 구멍으로 들어가는 것도 마다하지 않았습니다. 그리고 용감무쌍하게 도둑도 잡았지요.

납작하게 변했어도 스탠리는 그냥 예전의 스탠리 그대로였습니다. 영리하고 착하며 남을 위해 어려운 일도 마다하지 않는 그런 아이였습니다. 하지만 사람들은 달랐지요. 처음에는 스탠리의 납작한 몸을 신기하게 여기고 부러워하다가, 나중에는 자신들과 다르다는 이유로 조롱하고 비웃기 시작했습니다.

우리는 우리와 생각이나 생김새, 그리고 갖고 있는 것이 다르다고 해서 이상하게 보는 일이 종종 있습니다. 어찌 된 일인지 어른이 되면서 그런 일이 점점 더 많아집니다. 크면서 점점 편견과 두려움이 많아지기 때문일 겁니다. 하지만 친구라면 좋은 점, 좋지 않은 점, 그리고 부족한 점까지도 서로 이해하고 감싸 주어야 하지 않을까요?

자, 스탠리와 함께 납작해진 몸으로 문틈을 들락거리기도 해 보고, 편지 봉투를 이용해 여행도 떠나 보세요. 동생을 위해 연이 되어 신나게 하늘을 날아 보기도 하고, 용감하게 도둑도 잡아 보세요. 하지만 누가 뭐라고 해도 꿋꿋하게 자신을 사랑하는 마음을 배워 보세요. 그리고 겉으로 드러나는 생김새는 그 어떤 장애물도 되지 못한다는 것을 잊지 말고, 자신 있게 살아가기를 바랍니다. 스탠리의 친구들은 자신과 다르다고 친구들을 골라서 사귀는 어리석은 짓은 하지 않겠지요?

지혜연